AUGUSTIN
COCHIN

DISCOURS

PRONONCÉ

DANS LA CHAPELLE DE L'HOPITAL COCHIN

LE 24 AVRIL 1872

PAR M. L'ABBÉ O. DELARC

PARIS

LIBRAIRIE ADRIEN LE CLERE ET Cie,

ÉDITEURS DE N. S. P. LE PAPE ET DE L'ARCHEVÊCHÉ DE PARIS

RUE CASSETTE, 29.

1872

AUGUSTIN

COCHIN

—

DISCOURS

PRONONCÉ

DANS LA CHAPELLE DE L'HOPITAL COCHIN

LE 24 AVRIL 1872

PAR M. L'ABBÉ O. DELARC

PARIS

LIBRAIRIE ADRIEN LE CLERE ET Cie,

ÉDITEURS DE N. S. P. LE PAPE ET DE L'ARCHEVÊCHÉ DE PARIS

RUE CASSETTE, 29.

—

1872

Beatus qui intelligit super egenum et pau-
perem ; in die mala liberabit eum Dominus.

Heureux celui qui sait donner au pauvre
des soins intelligents ; le Seigneur le dé-
livrera lorsque seront venus les jours de
l'adversité.

(Ps. XL, v. 1.)

MES FRÈRES,

La vie d'un homme qui, s'inspirant de la charité de Notre-Seigneur Jésus-Christ, a employé
en faveur de ceux qui souffrent et de ceux qui
travaillent, un beau talent et toutes les forces dont
il pouvait disposer, a toujours été digne de respect
et de vénération.

Aujourd'hui, en face des problèmes sociaux que
nous avons à résoudre, après les malheurs qui

sont venus fondre sur nous, vis-à-vis de la misère physique et surtout de la misère morale des classes ouvrières, une pareille vie a une signification encore plus élevée.

C'est pour cela, Messieurs, que je vous convie à méditer avec moi la vie de M. Augustin Cochin, non pas tant pour rendre à un illustre mort l'hommage qu'il mérite, que pour comprendre les enseignements qui ressortent pour nous de cette tombe si prématurément ouverte.

Depuis Jésus-Christ jusqu'à nous, les chrétiens ont été aux prises avec toutes les difficultés de la vie humaine : jetés sur toutes les plages, ayant habité tous les pays, vécu sous tous les régimes et dans toutes les conditions, ils ont dû demander à leur conscience éclairée par l'Evangile, une règle de conduite pour les situations les plus diverses, parfois les plus délicates et les plus compliquées. Dieu seul connaît parfaitement cette histoire belle entre toutes, cette histoire intime des âmes chrétiennes dont l'histoire de l'Église ne contient que quelques pages. De même que le voyageur ne retrouve que des fragments de ces voies romaines qui traversaient l'ancien monde, de même nous ne connaissons que quelques linéaments de ces nombreux sillons tracés dans l'humanité par le Sauveur et qui ont produit tant et de si riches moissons.

Le chrétien dont il s'agit dans ce discours a eu pour sa part à lutter contre les difficultés de la vie moderne et de la vie parisienne; comment les a-t-il abordées? comment les a-t-il résolues? C'est ce que nous apprendront les faits que j'ai à vous exposer.

En vous parlant de M. Cochin, permettez-moi cependant d'insister sur le bienfaiteur des pauvres, car cette insistance convient à la sainteté du lieu où nous sommes réunis et au caractère de la maison qui nous reçoit et qui nous rappelle un autre ami des pauvres du même nom et de la même famille. Et puis, Messieurs, pourquoi ne le dirais-je pas, ce titre de bienfaiteur des pauvres est aussi le seul qui vaille quelque chose lorsqu'on est en face de la mort; tous les autres pâlissent et disparaissent vite sur la pierre du tombeau. Mais ce qui ne disparaît pas avec la mort, c'est le verre d'eau donné au pauvre et que le divin Maître a promis de ne pas laisser sans récompense.

A travers la mobilité des choses humaines, dans les diverses charges qu'il a occupées, M. Cochin est resté jusqu'à son dernier jour soucieux des intérêts du pauvre, de l'esclave et de l'ouvrier; il s'est préoccupé de leur faire du bien, il n'a pas seulement parlé et écrit en leur faveur, il a aussi mis la main à l'œuvre et a voulu donner l'exemple après avoir donné le précepte.

Si je suis amené à révéler des traits de bienfaisance et des actes méritoires que le regretté défunt aurait voulu cacher, j'en demande pardon à sa mémoire. Mais l'histoire a commencé pour

M. Cochin, et l'histoire n'hésitera pas à résumer sa vie par ces mots de nos saints livres : « *Pertransiit benefaciendo*, Il a passé en faisant le bien. »

I

Augustin Cochin est né à Paris le 12 décembre 1823, d'une famille que la religion, la charité, le culte des arts et de hautes fonctions municipales noblement remplies avaient également illustrée. Il perdit sa mère à l'âge de trois ans : ce foyer désert, où il ne trouva pas celle qui devait diriger ses premiers pas dans la vie, lui laissa des souvenirs un peu tristes et contribua à donner à son esprit la teinte mélancolique qu'il revêtait parfois. Il fit de brillantes études au collége Rollin, d'où il sortit en 1841, à peine assez tôt pour fermer les yeux à son père qui mourut au mois d'août de cette même année.

Que va faire ce jeune homme, cet orphelin à peu près seul dans cette grande ville de Paris ? il a dix-huit ans et il est riche ; il a donc à la fois toutes les inexpériences et toutes les tentations.

M. Cochin demeura fidèle à la foi pratique de sa première communion et, aux amitiés des premières années, il joignit les amitiés aussi pures de sa jeunesse ; il resta l'ami de l'abbé Sénac, qu'il avait eu pour aumônier à Rollin, et il devint celui de la sœur Rosalie (1).

Etant encore étudiant en droit, il débuta dans la vie par un bon livre et par une bonne action. Le bon livre était une notice sur la colonie agricole de Mettray ; la bonne action était la fondation d'une œuvre d'ouvriers sur la paroisse Saint-Jacques du Haut-Pas.

Mais avant de suivre M. Cochin dans cette voie d'écrivain et de fondateur, permettez-moi, Messieurs, d'esquisser rapidement sa carrière jusqu'en 1860, époque où il rentra pour quelques années dans la vie privée. Augustin Cochin a déployé une telle activité dans les trop courtes années de sa vie d'homme, que nous nous perdrions infailliblement dans le dédale de ses travaux littéraires et de ses bonnes œuvres, si nous voulions suivre l'ordre chronologique.

Après la révolution de 1848, il fut chargé par le gouvernement d'une grande œuvre de secours à distribuer dans le faubourg Saint-Marceau, et il s'employa aussi à fonder de ses deniers plusieurs salles d'asile provisoires dans le quartier Saint-

(1) On a de cette époque un testament qu'il rédigea lui-même et qui commence comme il suit : « Au nom du Père, du Fils et du Saint-Esprit. Ainsi doit commencer le testament d'un chrétien ; je suis trop heureux de cette glorieuse qualité pour ne pas en faire profession dans cet acte solennel. Je demande pardon à tous ceux que j'ai offensés ; je prie Dieu de me faire miséricorde, comme je pardonne de grand cœur à ceux qui m'ont fait quelque peine... »

Jacques. L'année suivante, le travail qu'il avait déjà publié sur Pestalozzi lui valut d'être secrétaire de la commission préparatoire à la loi de l'enseignement. C'est là qu'il commença à connaître tous ces hommes illustres dont il devait plus tard partager les travaux et les douleurs : M. de Falloux, Mgr Dupanloup, M. Thiers, le comte de Montalembert, M. Saint-Marc-Girardin, M. Cousin, etc.

Dans cette même année, Dieu, voulant lui faire oublier les jours solitaires de son enfance et de sa jeunesse, lui choisissait, dans la famille même de sa mère, une compagne qui devait être son appui dans la lutte et lui donner vingt ans d'un bonheur sans mélange.

Après la promulgation de la loi sur l'enseignement, il était nécessaire d'aider les catholiques à profiter de la liberté qui leur était octroyée. MM. Cochin et de Montalembert se consacrèrent à cette tâche difficile dans un comité qui fut présidé par M. Molé et qui rendit des services signalés.

Les honneurs ne tardèrent pas à venir chercher M. Cochin. A l'âge de vingt-sept ans, il était nommé adjoint et trois ans plus tard maire du Xe (maintenant VIIe) arrondissement. Enfin, en 1858, il quittait sa mairie pour entrer au conseil municipal, mais il n'y fit qu'un court séjour ; la guerre d'Italie éclatait quelques mois après portant dans les relations extérieures de la France

cette perturbation profonde qui a été la genèse de
tous nos malheurs.

Comme le gladiateur antique qui se dépouil-
lait pour mieux combattre, M. Cochin comprit
qu'il avait besoin de toute sa liberté pour dé-
fendre les intérêts catholiques et les intérêts français : il se délivra de toute entrave gouverne-
mentale et rentra dans la vie privée. Ne le plai-
gnons pas, Messieurs, et surtout ne craignons
pas que cette grande activité et cette belle in-
telligence soient condamnées à l'inaction et à la
stérilité. C'est au contraire le moment où l'écrivain chrétien va se développer et donner ses meilleurs travaux, et où l'homme de bien se prodiguera
le plus pour aider tous ceux qui auront besoin
de son concours.

II

M. Cochin a eu au cœur trois amours auxquels
il est resté toujours fidèle, qui lui ont inspiré ses
meilleurs livres et lui ont fait faire ses meilleures
actions : *l'amour des pauvres*, *l'amour des esclaves* et *l'amour des ouvriers*.

Pour aimer les pauvres, il n'avait, du reste, à
défaut de son cœur et de sa charité chrétienne,

qu'à se souvenir des traditions de sa famille. C'est bien ici le moment, Messieurs, de rendre hommage à cette mémoire sacerdotale, à ce vénérable abbé Cochin qui, vers la fin du xviiie siècle, fondait cet hôpital et mourait des suites d'une maladie contractée au service des membres souffrants de Jésus-Christ.

Ce fut dans les conférences de Saint-Vincent de Paul que M. Cochin apprit à servir les pauvres : il s'habitua très-jeune à faire ces visites à domicile prescrites par les statuts de la Société, et plus tard, lorsqu'il élevait les trois enfants que Dieu lui a donnés, il a voulu les initier lui-même à ce service personnel envers les pauvres, qui est un titre de gloire aux yeux de tout chrétien. En 1854, il succéda à Ozanam comme membre du conseil général des conférences de Saint-Vincent de Paul. N'admirez-vous pas, Messieurs, comment, dans ces derniers temps, les pauvres ont eu pour serviteurs les plus illustres catholiques ! Ozanam passant à Augustin Cochin le flambeau de la charité, c'est le cas de répéter la parole du poëte :

Et quasi cursores vitaï lampada tradunt.

Mais la meilleure marque d'amitié à donner à ceux que l'on aime, n'est-ce pas de les recevoir au foyer de la famille, de leur ouvrir les portes de sa maison et de les y accueillir avec cordialité ? C'est aussi là ce que M. Cochin a fait pour les

pauvres ; il les recevait chez lui deux matinées par
semaine, causant avec eux, discutant leurs intérêts, les aidant de sa bourse et de son expérience
des affaires, étant pour eux, dans tout le sens du
mot, un ami, un conseiller et un bienfaiteur.

Il s'occupait de leur misère présente et de leurs
difficultés à venir. Il savait que, si la pauvreté est
déjà un poids bien lourd, la pauvreté unie à la
vieillesse et à la solitude est une tristesse encore
plus grande.

Aussi, pendant qu'il était maire du xe arrondissement, M. Cochin s'employa-t-il très-activement
à fonder la maison des Petites Sœurs des Pauvres
de l'avenue de Breteuil. Quelques personnes du
faubourg Saint-Germain ayant réuni des fonds
pour venir au secours des victimes des luttes san-
glantes de 1848, M. Cochin utilisa et augmenta
ces fonds pour créer en faveur de la vieillesse ce
nouvel asile, et il le confia à ces admirables Petites
Sœurs des Pauvres, qui remplacent auprès de tant
de vieillards la famille absente.

Tout en consacrant le meilleur de son temps à
la charité privée, M. Cochin était convaincu que
la charité publique pouvait faire beaucoup de
bien. Il fut à plusieurs reprises membre du conseil
général des hospices de Paris, où il représentait
l'élément chrétien uni à une grande expérience des
affaires, et les traces laissées par les siens dans les
œuvres parisiennes de bienfaisance sont si consi-
dérables, qu'il semblait parfois traiter des affaires

de famille quand il s'occupait du patrimoine des pauvres. On le vit bien lorsque le gouvernement, mal conseillé, demanda la conversion en rentes des biens hospitaliers. M. Cochin publia contre cette transformation une protestation énergique et motivée; on croirait entendre, en la lisant, une *oratio pro domo*. L'opinion publique, éclairée par les nombreux travaux qui parurent alors, amena le gouvernement à revenir sur ses pas.

Au-dessous du pauvre, Messieurs, il y a l'esclave. En France, nous ne connaissons plus, grâce à Dieu, ce dernier degré de la misère humaine; mais il y a peu d'années, il existait dans nos colonies, et il faut le dire avec tristesse, aujourd'hui encore il est des terres chrétiennes qui portent des esclaves.

Cette plaie, qu'il faut achever de cicatriser, était de nature à attirer l'attention de M. Cochin. Il suffisait qu'il y eût des souffrances à soulager, du bien à faire, des âmes à sauver, la dignité humaine à relever, les vrais principes du christianisme à faire prévaloir, pour que M. Cochin se passionnât en faveur d'une pareille cause. En 1861, il publia sur cette question l'ouvrage le plus important de toute sa carrière littéraire. Vous le connaissez tous, Messieurs, il est intitulé : *l'Aboli tion de l'esclavage* (1).

(1) On ne saurait mieux caractériser ce livre qu'en se servant des termes mêmes employés par M. Cochin pour appré-

Ce n'est pas sans émotion que l'on parcourt les divers chapitres du livre de M. Cochin : chacun de ces chapitres est comme un drame dont on a hâte de connaître le dénoûment. L'auteur y expose successivement les origines, l'histoire et l'état actuel de l'esclavage dans les différentes sociétés modernes. Les colonies de la France, de l'Angleterre et des autres nations passent tour à tour sous nos yeux, comme de sombres visions ou comme des apparitions bienfaisantes, suivant qu'elles ont rejeté ou gardé l'esclavage.

Pour la France, M. Cochin salue avec bonheur cette date de 1848, qui a vu l'abolition définitive de l'esclavage dans nos colonies. Il raconte comment une ordonnance analogue a été rendue, en 1793 et, devant ces deux dates, 1848 et 1793, il se pose douloureusement cette question : Serait-il vrai que notre pays, semblable à certains poëtes, ne travaille que lorsqu'il a la fièvre ? De 1848 à 1861, douze ans se sont écoulés, l'auteur de l'*Abolition de l'esclavage* soumet à l'enquête la plus minutieuse la situation des colonies françaises avant

cier le Rapport que fit le duc de Broglie, en 1840, sur cette même question de l'esclavage : « La doctrine du jurisconsulte, l'expérience de l'économiste, les vues du législateur politique, le talent et la méthode de l'écrivain consommé, et par-dessus tout l'accent de l'honnête homme et du chrétien, font de ce grand travail un chef-d'œuvre qui honore à jamais l'auteur et la France... Dès le début, il allume en quelque sorte les deux flambeaux qui éclaireront sa marche : la philosophie chrétienne et l'expérience pratique. » (Rapport de M. le duc de Broglie analysé par M. Cochin.)

cette époque et la situation qui leur a été faite par l'émancipation des noirs. Comme M. Cochin est heureux de constater que cette transition toujours délicate s'est opérée sans nécessiter un plus grand déploiement de forces et en donnant tort aux faux prophètes qui prédisaient de terribles représailles et une longue suite de souffrances! Quant au malaise commercial qui a pu en résulter, M. Cochin l'explique comme plus tard Lincoln expliquera les catastrophes autrement grandes de la guerre de sécession aux États-Unis. N'est-il pas juste d'expier par une crise passagère un crime inouï qui a duré trois cents ans?

Ne l'oublions cependant pas, Messieurs, la première nation moderne qui ait émancipé ses esclaves, est l'Angleterre. La date de 1833 est vraiment l'aurore d'un jour nouveau et le début d'un mouvement qui ne s'arrêtera, j'en suis sûr, que lorsqu'il n'y aura plus, sur cette terre arrosée du sang d'un Dieu, un seul esclave à affranchir.

Après avoir nommé avec éloge le Danemark et la Suède, qui ont affranchi leurs esclaves dans les petites colonies qui leur appartiennent, M. Cochin se hâte d'arriver aux États-Unis.

En 1861, à l'époque où il écrivait son livre, l'univers entier se demandait avec anxiété ce qui allait se passer dans l'Amérique du Nord. Abraham Lincoln venait d'être élu président; le Sud, frémissant de colère et d'indépendance, avait commencé la lutte contre le Nord; le sang avait déjà coulé et vous savez, Messieurs, combien devait être longue et acharnée la guerre qui éclatait en ce moment. Aussi, comme M. Cochin redouble d'intérêt pour analyser le problème de l'esclavage aux États-Unis !

Pas plus que le P. Lacordaire, qui, en cette même année, prononçait son discours de réception à l'Académie française, Aug. Cochin ne désespéra de l'avenir de l'Amérique du Nord ; ils prédirent l'un et l'autre que l'esclavage succomberait dans la lutte et que la grande république, délivrée de cette tache honteuse, reprendrait le cours de ses destinées. L'un de ces deux illustres chrétiens a vécu assez longtemps pour voir son espoir réalisé.

Cette victoire gagnée sous ses yeux par la cause la plus juste contre la plus grande injustice avait déterminé chez M. Cochin un grand amour pour les États-Unis et pour ses hommes d'État. Nous avons tous présentes à l'esprit ses charmantes conférences sur le président Lincoln, le général Grant et le poëte Longfellow.

Ce qu'il aimait dans Lincoln, c'était l'homme qui, au nom de l'Evangile, avait émancipé quatre millions d'esclaves, le vaillant citoyen qui était resté ferme au milieu de la crise la plus épouvantable ; dans Grant, c'était le général dont le génie militaire avait assuré la victoire du Nord ; dans Longfellow, le poëte qui avait chanté cette victoire et qui n'a jamais demandé ses inspirations qu'à la religion, à la famille et à la liberté.

Jusqu'à ces derniers temps, nous avons étudié la guerre de l'Amérique du Nord, comme on étudie un fait contemporain d'une haute importance; aujourd'hui, après nos malheurs, nous ne saurions trop relire cette page de l'histoire d'Amérique.

Souvenons-nous, au milieu des tristesses présentes et de nos embarras sans cesse renaissants, qu'à la fin de la guerre de sécession, les États-Unis avaient perdu huit cent mille hommes et dépensé dix milliards. Mais les Américains ont eu confiance dans l'avenir, et, sans rompre avec la légalité, sans demander à quelque dictateur improvisé de sauver la patrie, ils se sont, avec le secours de Dieu, relevés à force d'énergie, de patriotisme et de bon sens.

Les dernières pages de la longue enquête sur l'esclavage faite par M. Cochin sont empreintes de tristesse. Il s'agit des colonies hollandaises, qui n'avaient pas alors émancipé leurs esclaves, des colonies espagnoles et du grand empire du Brésil.

En tant que catholique, M. Cochin se sent profondément humilié, et nous le sommes avec lui, de voir deux nations catholiques s'attarder ainsi pour la libération de leurs esclaves, se laisser devancer dans cette voie par le bey de Tunis. Lequel de ces deux gouvernements voudra assumer la honte de prononcer le dernier ce grand mot de liberté ? Comme un navire en mer violemment agité par l'orage, l'Espagne est devenue le jouet de révolutions incessantes ; qu'elle offre au Dieu vivant ce sacrifice si juste après tout de renoncer à l'esclavage, et peut-être Dieu lui en tiendra-t-il compte en lui rendant un peu de paix et de sécurité.

M. Cochin n'a pas voulu terminer son livre par le douloureux tableau dont nous venons de parler ; il a demandé au christianisme, à son divin fondateur surtout, ce qu'ils enseignaient sur l'esclavage. On a besoin d'entendre en effet les solennelles paroles de Jésus-Christ, celles des apôtres et des conciles, pour oublier les odieux sophismes avec lesquels on a essayé de justifier l'esclavage.

Après avoir traversé ces déserts et supporté ces tristesses, quelle joie pour l'auteur de venir s'abreuver à cette source d'eau vive et de se remettre à espérer aux pieds de Celui qui a vaincu la mort !

La publication de son ouvrage terminée, M. Cochin ne perdit plus de vue la question de l'esclavage : il eut sa part dans toutes les démarches faites auprès des souverains de l'Espagne et du Brésil, pour obtenir la liberté des noirs, et quelques semaines avant sa mort, il analysait, dans un dernier travail, les mesures prises par le gouvernement du Brésil pour l'affranchissement définitif des esclaves.

Si le pauvre est le commensal de toutes les sociétés et le paupérisme le problème de tous les temps, si l'esclavage est sur son déclin et expire sous nos yeux, on peut dire en revanche que la

question ouvrière est par excellence la question
de notre époque. Elle n'a pas encore trouvé sa solution complète, ou du moins, si la solution existe,
elle n'a pas été appliquée dans la mesure voulue.
Ce n'est pas à nous qu'il faut démontrer que cette
question ouvrière réclame tous nos soins et toutes
nos préoccupations : il n'y a qu'à interroger les
ruines de cette grande ville et les veuves et les or-
phelins qu'elle contient, pour savoir quelle lourde
tâche il y a à remplir de ce côté.

Augustin Cochin a toujours pensé qu'on ne
pouvait résoudre ce difficile problème qu'à l'aide
des principes chrétiens appliqués à l'organisation
des sociétés modernes. « Aimez-vous les uns les
autres, aidez-vous les uns les autres, *alter alterius
onera portate* » ; ce sont là les principes bien
simples et éternellement vrais cependant qui ont
inspiré toute la conduite de M. Cochin à l'égard
des ouvriers.

Il se préoccupait surtout de ne jamais blesser
leur dignité; il était leur ami, les aidait à fonder
des sociétés de secours mutuels et des sociétés
coopératives, mais il se serait bien gardé de leur
proposer des secours d'une autre nature.

Tel il s'est montré dans les œuvres d'ouvriers
qu'il a fondées, ou bien auxquelles il a coopéré.
En 1845, lorsqu'il n'avait encore que vingt-deux
ans, nous le voyons fonder dans le quartier Saint-
Jacques, une société de secours mutuels pour les
ouvriers, sous le patronage de Saint-François-

Xavier. Il est resté pendant vingt ans président de cette œuvre modeste, et durant ce temps, il est venu tous les premiers dimanches du mois parler dans l'église Saint-Jacques à cette petite société qu'il affectionnait entre toutes, comme la première création de sa charitable activité.

Vers 1863, le cercle des jeunes ouvriers du boulevard Montparnasse eut à subir une crise financière des plus graves. M. Cochin avait d'anciens rapports avec cette œuvre, qu'il visitait souvent et où il aimait à servir lui-même à table les apprentis. Il n'hésita pas à s'imposer des sacrifices pour raffermir l'édifice ébranlé; il proposa d'ouvrir une souscription de mille francs payable en cinq ans, et, après avoir mis en réquisition tous ses amis, il arriva promptement à réaliser la somme de cent trente-deux mille francs. Ces cinq années écoulées, il obtenait de ses amis, grâce au généreux exemple qu'il leur donnait, que ce sacrifice fût renouvelé; aussi l'œuvre était-elle définitivement fondée et les jeunes ouvriers reconnaissants décernèrent à M. Cochin le titre de président du comité de fondation.

Étant administrateur du chemin de fer d'Orléans et de la société des glaces de Saint-Gobain, il avait regardé comme l'un de ses premiers devoirs de s'employer à améliorer le sort des ouvriers dans ces deux grandes compagnies, et comme, dans sa pensée, tout progrès matériel devait être parallèle à un progrès moral, il avait multiplié les écoles au milieu de ces populations et facilité l'exercice du culte. Du reste, l'excellent esprit qui anime les deux conseils d'administration du chemin de fer d'Orléans et de la société de Saint-Gobain avait singulièrement aplani cette tâche. C'est grâce au concours de toutes ces volontés qu'ont pu être créés, en particulier, cette grande société coopérative des ouvriers de la compagnie d'Orléans, dont M. Cochin était le président et cet établissement d'Ivry, dû surtout à l'initiative de M. Cochin, qui a adouci les conditions de la vie à toute une population ouvrière.

Disons-le bien haut : la belle conduite des ouvriers du chemin de fer d'Orléans pendant la Commune et les témoignages de respectueuse affection qu'ils ont donnés à M. Cochin pendant sa vie et après sa mort prouvent que, si l'ouvrier se laisse entraîner par des paroles mensongères, il sait, en dernière analyse, reconnaître celui qui agit à son égard en honnête homme et en chrétien.

M. Cochin était attentif à toutes les innovations heureuses qui se faisaient à l'étranger pour améliorer le sort des classes ouvrières, et il se hâtait de les signaler et de demander qu'elles fussent introduites en France, sauf à les accommoder au caractère de notre nation. Lorsque, en 1864, le parlement d'Angleterre publia *l'acte pour faciliter l'acquisition de petites rentes viagères sur l'État et pour assurer le paiement de sommes en cas de mort,* M. Cochin étudia cette loi avec un grand zèle et demanda par un mémoire publié en 1865, que la législation française s'inspirât de ce précédent.

« Quel beau jour, disait M. Cochin, car il savait relever par de généreuses paroles et surtout par de généreux sentiments même l'étude technique d'une loi, quel plus beau jour lorsqu'en entrant dans un atelier ou dans une chaumière, nous pourrons dire à cet homme qui n'a que ses bras pour gagne-pain : — Dans peu d'années, tu peux mourir et laisser dans la misère ta femme et tes enfants; veux-tu donner dix sous par semaine, et ta famille, si tu meurs, à quelque moment que ce soit, recevra un ou deux mille francs ! »

De même, lorsque M. Le Play fit une si remarquable entrée dans le monde des économistes chrétiens par son livre : *Les ouvriers européens*, M. Cochin accueillit ce travail avec bonheur et reconnaissance, le signala au public et en fit connaître avec zèle la méthode et les conclusions.

Augustin Cochin a donc consacré sa vie à réaliser cette formule, qu'il a si bien développée en 1863 dans son beau discours du congrès de Malines : « Racheter l'esclave de la servitude, le travailleur de la misère et du mal. »

Mais quel a été le mobile de cette longue série de bonnes actions? On se tromperait fort si on croyait qu'en prêchant l'abolition de l'esclavage et en secourant les pauvres, M. Cochin ait uniquement voulu soutenir une thèse libérale et à la mode et n'ait fait que suivre les inspirations d'un cœur naturellement bienfaisant. M. Cochin était profondément religieux : d'accord avec le christianisme, il regardait la partie morale de la vie humaine comme la partie essentielle. Tout, dans sa pensée, devait tendre à augmenter la dignité et la pureté de l'âme : aussi, en attaquant l'esclavage, avait-il en vue le planteur tout autant que son esclave. Si celui-ci est exposé à perdre sa dignité et à n'être qu'un instrument dans la main d'un autre homme, quel danger aussi pour ce planteur qui est jeune, qui a des passions et qui possède tout un bétail humain! De même, si une jeune fille ou une jeune femme ne peuvent équilibrer leur budget; si la misère, si la faim, cette mauvaise conseillère, disait l'antiquité, viennent s'asseoir à leur foyer, quel péril pour leur âme, que de terribles tentations se lèveront devant elles... Voilà ce que M. Cochin a voulu, dans la mesure de ses forces, faire disparaître; tel est le point de vue auquel il s'est placé, on n'en saurait trouver de plus élevé ni de plus chrétien.

Vous vous demandez peut-être, Messieurs, comment M. Cochin a pu mener de front tant de bonnes œuvres, et cependant elles n'ont pas suffi à son zèle et à sa charité; suivant son expression, il cherchait partout quelque bien à faire *pour tromper la faim.*

En 1867, il va comme tout le monde, admirer les splendeurs de l'Exposition universelle; mais qu'est-ce donc qui attirera le plus particulièrement son attention ? Ce ne seront ni les brillants produits de l'art parisien, ni même les grandes découvertes de l'industrie... il a aperçu dans le parc le fac-simile de la cabane de glace que se construit l'Esquimau pour s'abriter contre le froid terrible des régions polaires, et, derrière quelques vitrines, les instruments avec lesquels il se procure sa nourriture. Cette vue a séduit M. Cochin et il se met aussitôt à étudier ces pauvres populations du nord de l'Europe, de l'Asie et de l'Amérique, en se demandant comment on pourra leur faire parvenir un peu de bonheur, et surtout comment on pourra faire projeter sur elles la lumière de l'Évangile, à défaut de cette lumière solaire qui leur manque si longtemps. Il consigne le résultat de ses recherches dans un charmant travail : *les Esquimaux à l'Exposition universelle.*

M. Cochin a trouvé des accents émus, non pas seulement pour parler des malheureux et pour peindre ces pauvres populations du Nord, mais aussi pour parler de ceux qui ne sont plus.

Le christianisme a recommandé comme une œuvre de miséricorde d'ensevelir pieusement les morts. Ne peut-on pas dire, dans un sens plus élevé, qu'Augustin Cochin a pratiqué cette œuvre avec prédilection, par ses nombreux articles consacrés à la mémoire de chrétiens morts dans ces dernières années. Il a salué à leur départ tous ces morts illustres qu'il avait connus et aimés :

Robert Wilberforce, portant un nom à jamais cher aux amis de l'humanité, rehaussé encore aux yeux de M. Cochin, depuis qu'il était celui d'un catholique; Mme Swetchine, qui a exercé autour d'elle une influence si grande et si chrétienne; M. de Tocqueville, l'immortel auteur de *la Démocratie en Amérique* et de *l'Ancien Régime et la Révolution*; l'abbé Perreyve, l'une des plus belles âmes de notre époque. Ce n'est pas sans émotion que je prononce ce nom de l'abbé Perreyve : que n'est-il vivant et que ne puis-je lui céder la place que j'occupe ici! Comme cette bouche sacerdotale aurait dignement célébré la charité et les vertus de l'ami qui vient de le rejoindre dans la tombe. Enfin, le comte de Montalembert, qui a quitté la France au moment où elle aurait eu plus que jamais besoin de ses lumières, de son éloquence et de son courage.

La veille même du jour où il devait être saisi par le mal qui nous l'a enlevé, M. Cochin est venu une dernière fois à Paris, pour accompagner jusqu'au cimetière le cercueil du P. Gratry et, le soir rentré chez lui, il écrivait sur l'auteur de *la Connaissance de Dieu* cette lettre si élevée et si belle, tout à fait digne de celui qui venait de mourir et de celui qui allait à son tour traverser le sombre abîme de la mort.

III

Je vous ai parlé des pauvres, des esclaves, des ouvriers et de l'amour profond que M. Cochin leur avait voué. Mais il est sur la terre une pauvresse, une esclave et une ouvrière qu'il a aimée par-dessus tout : ouvrière, elle est incessamment occupée à diminuer la somme du mal et à augmenter la somme du bien, elle travaille les âmes pour les conserver et les purifier; pauvresse, elle n'a pas souvent où reposer sa tête, ici elle cache sa pauvreté et est obligé de se réfugier elle-même dans le fond de quelque barque des fleuves de la Chine, là elle campe avec son dénûment au pied de quelque palmier sur la limite du désert; esclave, elle était il y a un an à peine traînée en prison dans cette grande ville de Paris, pour y être traitée comme une criminelle et elle perdait sous les coups de ses adversaires le plus pur de son sang...

Cette esclave que M. Cochin a aimée lorsqu'elle était plus impopulaire et plus délaissée que jamais, vous l'avez devinée, c'est l'Eglise catholique. Il a souffert pour elle et lui a sacrifié ses plus nobles et ses plus légitimes ambitions.

Vous vous souvenez tous, Messieurs, de cette

lutte électorale de 1869, lorsque M. Cochin, sortant de la retraite où il était depuis près de dix ans, se présenta aux suffrages des électeurs de la Seine. Il s'était promis de parler de Dieu dans tous ses discours et il a tenu parole; il s'était promis d'inscrire son glorieux titre de chrétien dans sa profession de foi et il l'a fait. Mais à quel prix? Il a vu les précurseurs de la Commune s'acharner contre lui précisément parce qu'il était chrétien. Que pensez-vous du pouvoir temporel, lui criait-on. — Je pense, répondait-il, que l'indépendance du Saint-Père est nécessaire à l'Église. — Croyez-vous au *Syllabus?* — Je crois tout ce qu'enseigne l'Église catholique.

Devant cette intolérance et devant cette fermeté, est-ce que votre pensée ne se reporte pas aux derniers siècles de l'empire romain, lorsqu'une foule furieuse traînait aux gémonies les hommes les plus irréprochables, uniquement à cause de ce même titre de chrétien. Se conduire comme l'a fait M. Cochin vis-à-vis des attaques et des colères dont il a été l'objet, n'était-ce pas répéter ces mots que les premiers chrétiens disaient avec un inébranlable courage aux Romains de la décadence : *Christianus ego sum!*

Il sortit de la lutte vaincu, mais plus grand à nos yeux, plus digne de nos respects et de notre admiration.

Le lendemain ne devait que trop prouver combien avaient eu raison ces catholiques français qui, comme M. Cochin, avaient lutté pied à pied pour l'indépendance du Saint-Siége. En défendant les intérêts de la religion, les événements ont démontré qu'ils avaient défendu les intérêts français. Si on les avait écoutés, le drapeau français ne flotterait pas seulement à Rome, il flotterait encore à Metz et à Strasbourg. A la théorie des nationalités, ils avaient opposé le respect du droit, nous savons maintenant ce que nous réservait le principe si vanté des nationalités. Mais sans m'appesantir sur les causes des douloureuses scènes dont nous sortons à peine et sans apporter ici des récriminations qui ne conviennent pas à la chaire chrétienne, j'ai hâte de dire en abrégé quelle a été la conduite de M. Cochin en face de nos infortunes.

Après les premières défaites de l'armée du Rhin, il se sépara de son fils aîné qui alla rejoindre nos troupes à peine organisées sur les bords de la Loire, et, prenant avec lui son second fils, ils partagèrent l'un et l'autre les fatigues du siége de Paris. A ses devoirs militaires, M. Cochin joignit la surveillance de plusieurs ambulances, sans oublier ses chers pauvres qui traversaient alors des temps si difficiles. Entre deux factions, ou après une longue course sur le champ de bataille pour relever les blessés, il écrivait, sur les journées de Champigny, du Bourget, de Buzenval, ces articles où l'espérance chrétienne adoucissait l'amertume des malheurs présents ; ou bien, dans un travail plus développé, il évoquait le souvenir de cette reine Louise de Prusse qui, au début de ce siècle, maudissait, sur les ruines de sa patrie, l'abus de la force dont son propre fils devait, soixante ans plus tard, renouveler le triste spectacle.

Après le siége de Paris, une douleur plus grande devait frapper M. Cochin, dont on connaît les vives sympathies pour cette ville de Paris qui avait cependant été si ingrate pour lui! Lorsque parut la Commune, il n'y eut plus qu'à baisser la tête et à boire jusqu'à la lie ce calice si amer. Le présent était affreux, mais l'avenir restait ouvert et M. Cochin était trop chrétien pour jamais désespérer. Appelé à un poste délicat et difficile, Augustin Cochin l'accepta parce que le département dont on lui confiait l'administration, avait été plus qu'aucun autre piétiné par l'étranger. Cela suffit à sa charité; il se mit à l'œuvre avec le zèle et le succès que vous connaissez.

C'est là que la mort est venue le trouver subitement, en dehors de toute prévision humaine, lorsqu'il était dans la force de l'âge et du talent, lorsque le pays avait plus que jamais besoin de lui. Cette mort si inattendue l'a cependant trouvé prêt à la recevoir, et quelques heures avant de mourir, ayant fait venir sa famille autour de son lit, il a pu adresser à tous les siens ces belles paroles : « Venez me voir dans la paix de Dieu. » La paix de Dieu! dans un pareil moment, lorsqu'il faut dire adieu à ceux qu'on a tendrement aimés ; lorsque l'injustice contre laquelle il avait eu si longtemps à lutter commençait à disparaître ; lorsqu'il arrivait à un grand et utile rôle politique ; surtout lorsqu'il laissait la France dans une situation précaire et douloureuse.

Si Dieu, Messieurs, nous demandait actuellement le sacrifice de notre vie, ne serions-nous pas tristes de laisser notre France vaincue, humiliée, envahie… ?

Mais le secret de ce calme et de cette sérénité aux portes de la mort, je le trouve dans cette pensée de M. Cochin : « Nous nous faisons ici-bas une fausse idée de la justice, nous croyons conduire le dénoûment et nous voulons assister à toute la pièce ; tandis que nous ne sommes que des comparses, nous paraissons et nous disparaissons au beau milieu. »

Il a eu en la justice et en la vie future une telle foi et une telle espérance, qu'il n'a pas demandé de voir de ses yeux charnels le triomphe du droit contre la force. Il a fermé dans la paix, les yeux à la lumière, sachant que ceux qui ont eu faim et soif de la justice seront rassasiés. La religion, sous les traits d'une illustre amitié, est venue s'asseoir à son chevet ; il a reçu de Rome la bénédiction suprême et le Seigneur voulant le récompenser de ce qu'il avait fait pour ceux qui souffrent, l'a rappelé à lui aux jours de l'adversité : *in die mala liberabit eum Dominus.*

Je vous demande pardon, Messieurs, de vous avoir retenus si longtemps, mais la carrière de notre cher défunt a été tellement remplie, que la résumer en quelques pages est une tâche vraiment difficile.

S'il ressort de cette vie et de cette mort un enseignement, n'est-ce pas celui-ci ? c'est que les principes chrétiens n'ont rien perdu de leur fécondité, c'est qu'ils peuvent résoudre nos difficultés présentes, comme ils ont résolu les difficultés des siècles passés. Ont-ils empêché, n'ont-ils pas au contraire pressé M. Cochin d'embrasser les causes généreuses qui préoccupent nos générations ? Depuis le petit enfant qui va à la salle d'asile, jusqu'au vieillard qui cherche un abri hospitalier pour y rendre en paix le dernier soupir, tous ceux qui ont eu besoin qu'une main bienveillante leur fût tendue ont eu part à ses préoccupations et à son généreux concours. Ah ! Messieurs, ces principes chrétiens ne vous procureront pas, grâce à Dieu, ces succès malsains qui se changent si rapidement en défaites, mais avec eux vous aurez une carrière inattaquable, pleine de sens et d'harmonie, et vous forcerez vos ennemis eux-mêmes à vous honorer de leurs respects. Si la vie de M. Cochin a été laborieuse et tourmentée à certains égards, ne vous souvenez-vous pas en revanche de la beauté de ses funérailles. Tout ce que la France avait de plus illustre est venu, à travers des flots d'ouvriers, s'incliner devant ce cercueil d'un honnête homme et d'un fervent chrétien. Ceux qui écrivent l'ont apprécié d'une manière digne de lui et le jugement porté sur sa carrière a été enfin équitable : *O mors, bonum est judicium tuum !*

N'oublions pas, Messieurs, cette grande leçon ; hier, trop confiants dans nos propres forces et trop oublieux du christianisme, nous ne savions parler que de progrès ; ce mot a retenti parmi nous pendant vingt ans, et c'est en le répétant que nous sommes arrivés aux désastres de 1870 et 1871. Comme la victime des sacrifices païens, la France s'est acheminée vers Sedan, le front paré de toutes les gloires de l'Exposition universelle.

Aujourd'hui, après notre chute, nous avons remplacé le mot de progrès par celui de régénération. Si nous ne plaçons à la base de cette régénération Jésus-Christ Notre-Seigneur, si l'édifice manque de cette pierre angulaire, l'édifice ne tiendra pas, il sera emporté par le vent et les tempêtes.

Travaillons de toutes nos forces à ramener Jésus-Christ parmi nous. Le peuple de France est terriblement logique dans sa foi comme dans son incrédulité ; il ne s'arrête pas à mi-chemin, comme le peut faire un philosophe heureusement inconséquent. Faisons passer à travers notre pays un large courant chrétien, et, pour finir par un mot inspiré à M. Cochin par nos récents malheurs : « Que tous ceux qui parlent, agissent ou écrivent, ne songent uniquement désormais qu'à relever les âmes et à faire aimer Dieu, le devoir et la patrie! »

PARIS. — IMP. JULES LE CLERE ET Cie, RUE CASSETTE, 29.

www.ingramcontent.com/pod-product-compliance
Lightning Source LLC
Chambersburg PA
CBHW061723060726
47597CB00006B/2531